Paul Levin

Die tote Stadt

Antigonos Verlag

Paul Levin

Die tote Stadt

1. Auflage 2012 | ISBN: 978-3-95472-214-3

Erscheinungsjahr: 2012

Erscheinungsort: Paderborn, Deutschland

Antigonos Verlag, Paderborn. Alle Rechte beim Verlag. Antigonos Verlag ist ein Imprint des Salzwasser Verlags, Paderborn.

Reproduktion des Originals.

Paul Levin

Die tote Stadt

Antigonos Verlag

Paul Levin

Die tote Stadt

I.

Hermann Falk kam aus einem Vortrag in der Philologischen Gesellschaft. Bei einer Ausgrabung in Pompeji hatte man wieder eine Leiche gefunden. Sie lag auf der Schwelle eines Hauses, und nachdem man einen Abguss genommen hatte, indem man Gips in die Vertiefung schüttete, die die Leiche in dem Schlamm und der Asche hervorgebracht hatte, sah man, dass es die Leiche eines Mannes war, der im Augenblicke des Todes einen Stab oder etwas Ähnliches an sich gepresst hatte.

Der Fund war in den großen, ausländischen Zeitschriften diskutiert, verschiedene Meinungen darüber, was der Stab bedeuten solle, waren entstanden. In dem Vortrag, den Falk gehört hatte, war die Ansicht geäußert, dass es eine Bücherrolle sei.

Diese Anschauung beschäftigte Falk lebhaft, als er durch die alten Straßen ging, die von dem Vereinslokal der Philologischen Gesellschaft in den modernen Teil der Stadt führten. Dieser Mann, der im Todesaugenblick eine Bücherrolle an sich presste, setzte seine Fantasie in Bewegung. War es ein Dichter? Ein Gelehrter? Oder war es nur ein wahnsinniger, todesbanger Mensch, der in unsinniger Verwirrung das erste beste ergriffen hatte, damit zur Tür hinausgestürzt – und dann gleich auf der Schwelle zusammengebrochen war?

Dann gingen die Jahrhunderte ihren Gang über die Leiche des schweigsamen Mannes, bis man sie endlich fand und sie zum Reden zu bringen versuchte. Falk hörte sooft Leute sagen, was sie an Pompeji interessiere, »sei der Einblick in das Leben des Altertums, den die Stadt gibt«. Er kannte auch die hervorragenden wissenschaftlichen Werke darüber, hatte Nissens Studien verfolgt und Bossier auf seinen archäologischen »Promenaden« begleitet. Aber trotzdem war Pompeji für Falk nicht das Bild des Lebens, sondern das des Todes.

Er stellte sich die Stadt immer im Todesaugenblick vor. Pompeji war für ihn das Entsetzen, der Aufschrei, das Schweigen. Er sah sie vor sich, diese Menschen, die mit verzerrten Gesichtern und zerrissenen Kleidungsstücken von dannen stürzten. Sie traten einander nieder, fassten einander, schrien, kämpften, um hinauszugelangen. Und hinter ihnen allen der Tod, frohlockend, grinsend, triumphierend. Er wusste, dass sie alle ihrem Untergang entgegeneilten, wohin sie sich auch wendeten. Er umschlang alles mit seinem glühenden Atem, stürzte in die Häuser, riss den Becher aus bei Hand des Dürstenden, die Spindel aus der der Sklavin, die Tafel aus der des Schreibenden, der Tod stürzte die Altäre um, zertrümmerte die Bildsäulen und legte seine Hand auf die Menschen, drückte sie in verzerrte Stellungen nieder, um sie als Siegesmonumente aufzubewahren – der Tod als Bildhauer.

Woran hatten diese Menschen gedacht, als sie dort lagen und wussten, dass sie sterben mussten? Hatten sie einen oder tausend Gedanken? Hatte der sterbende Mann, der das Buch an sich presste, an das gedacht, was er soeben gelesen hatte? Oder wollte er diese geschriebenen Worte verbergen, sie gleichsam vor der Zerstörung schirmend, indem er seinen Körper zwischen sie und den Tod warf? Was hatte das alles genützt? – Die Worte waren längst verwischt. Vielleicht enthielten sie seine besten Gedanken und hatten gerade jetzt seinen Namen in die Welt hinaustragen sollen. Nun war er vergessen, ein namenloser Abguss, der in einem Museum ausgestellt wurde. Und die Welt beschäftigte sich mit Werken, die weit geringer sind als die seinen.

Falk sah sich um in den dunklen, trübseligen Gassen, durch die er ging. Hier saßen sie, die fleißigen jungen Leute und suchten das Altertum aus den übrig gebliebenen Resten wieder aufzubauen. Kleine Lampen leuchteten schwach hinter den zusammengezogenen Gardinen. Aus einem der Kollegien [1] sah er ein kleines Männchen mit einer Pfeife im Munde, einem Schlafrock, der um seine Glieder schlenkerte, und ein Paar ausgetretenen Morgenschuhen an den Füßen über die Straße in eine Fettwarenhandlung schleichen, um mit ein paar geräucherten Heringen in Zeitungspapier zurückzukehren.

Ärmlich und trübselig überall. Wie unrecht war es doch, dass die Männer, die diese Wohnungen für Studenten testamentierten, Häuser gewählt hatten, die in dunklen, hässlichen Straßen zusammengeklemmt lagen, hässliche Häuser in hässlichen Straßen, graue und trübselige Häuser mit kleinen Zellen, in die die Jugend des Landes eingesperrt werden sollte.

Und hier in diesen Zellen sollte das Altertum neues Leben gewinnen! Es musste ja alles zu Vokabeln werden, statt zu Schönheit. Ja, zu Schönheit, Schönheit, Schönheit, die der ganzen, von Nützlichkeitsbestrebungen und Geldnot zu Boden gedrückten Menschheit den Lebenswert des Schönen zeigen sollte.

---

[1] Freiwohnungen für unbemittelte Studenten.

Dunkel und trübselig in den stillen Gassen. Weshalb war hier niemand, der lachte oder sang oder spielte? Dies gelehrte Viertel war ja wie ein Grab, wo der Staub fiel und fiel wie ein Aschenregen, der zum zweiten Mal das Leben des Altertums begrub.

Falk musste an sich selber denken. Jetzt hatten sie ihn dort in der Versammlung wieder einmal gefragt, ob er an einem Buche arbeite. Und er hatte abermals »nein« antworten müssen. Er las nur, las und notierte, machte Entwürfe, schmiedete Pläne. Notizen, Entwürfe und Pläne füllten seine Schubfächer, aber die große Arbeit, die ward nie in Angriff genommen.

Im Grunde lag er ja begraben wie alle die anderen.

Aber sein Grab war schöner als das aller der anderen.

Weiß und vornehm lag das Haus seiner Familie einige Stunden Weges von der Stadt entfernt. Der Park mit großen Alleen und Kastanien und alten, vielästigen Obstbäumen streckte sich bis an den Sund hinab, und hinter dem Hause lagen Felder und Wälder.

Drinnen im Hause waren die hohen, großen Stuben mit alten Möbeln und Gemälden angefüllt. Und da war die große Diele mit den kühlen, getünchten Wänden und der roten Ziegelsteinpflasterung, und an der anderen Seite der Diele lag die Bibliothek, der Schatz – das Grab.

Es war ein mächtiger Saal mit gewölbter Decke. Große, kleinscheibige Fenster lagen nach dem Park hinaus, mitten in dem Raum, wo die weißen und schwarzen Marmorfliesen mit einem dicken Teppich bedeckt waren, stand ein großer Arbeitstisch. Und rings umher, an den Wänden und von den Wänden vorragend, waren weißlackierte Regale mit der Literatur aller Herren Länder angebracht. So hatte die Bibliothek seit mehreren Generationen da gestanden, immer vermehrt, nie aber umgeräumt. Kein Handwerker hatte an der alten Rokokodecke gerührt, die im Laufe der Zeit einige Risse bekommen hatte, und niemand hatte die weißen Regale nachgesehen, in deren mürbes Holz die Würmer ihre Gänge und Höhlen gruben. Es geschah hin und wieder einmal, dass ein Stück Gips herunterfiel und auf den harten Fliesen des Fußbodens zerbröckelte, oder dass eines der Borde unter der Last der Bücher zusammenbrach. Falk ließ es geschehen, ordnete nur ein wenig zwischen den Büchern, ließ aber keine Reparatur vornehmen. Die Bibliothek hielt seine Zeit wohl aus, und nach seiner Zeit kam ja das *Déluge* und ein neuer Besitzer, der nicht zur Familie gehörte. Der konnte ja das Ganze niederreißen, wenn er Lust dazu hatte, für ihn war es nichts weiter als ein alter Saal mit vielen Büchern.

Ursprünglich war das Haus ein Jagdschloss gewesen, erbaut, um jagdmüde Gäste aufzunehmen und zu bewirten. Der Bibliothekssaal war damals Speisesaal gewesen, oben von der Decke herab hatten die Posaunenengel ihre Fanfaren über Herren und Damen und Lakaien und Speise und Trank geblasen. Und an warmen Sommerabenden hatte man im Park umhergeschwärmt. Dort stand noch eine beschnittene Buchenallee. Sie war ganz schmal und hoch und dunkel. Die Vögel bauten Nester in den grünen Hecken, die verschwiegene Zeugen waren – niemand sah und niemand hörte.

Dann starben die Jagdherren und ihre Damen, und die Engel wurden alt und grau, während sie der Familie Bratt, die das Haus in Besitz nahm, ihre Melodien vorbliesen. Einer der Männer der Familie gründete die Bibliothek, ließ die großen Regale hineinsetzen und an der Decke befestigen. Und seit jener Zeit sammelten die Bratts Bücher. Nur einer von ihnen wurde ein gelehrter Mann, das war Hermanns Großvater mütterlicherseits. Er kannte viele Sprachen und hielt gelehrte Vorträge darüber. Er war sehr angesehen, und man wollte ihn an die Universität fesseln. Er aber wollte nicht. Er war reich, wollte unabhängig sein und »verspürte keine Lust«, wie er sich ausdrückte, »jahraus, jahrein dazustehen und den dummen jungen Leuten, die obendrein unangenehm rochen, immerwährend dasselbe von einem Papier vorzulesen«. Hermann entsann sich des Großvaters als eines kleinen, weißhaarigen Mannes, der von dem Tode an dem großen Arbeitstisch in der Bibliothek überrascht wurde. Dort fand man ihn an einem Frühlingstage tot; die Sonne spielte fröhlich auf seinen Papieren und aufgeschlagenen Büchern.

Und es wurde Winter und Sommer, und die Sonne fiel unzählige Male durch die Fenster des Bibliothekssaales herein, während Hermann allein da drinnen umherging.

Er benutzte die Bibliothek als Spielplatz. Wenn er zwischen den Bücherregalen auf und nieder ging, dachte er sich, dass er sich in den Straßen einer Stadt befände. Die Regale waren die Häuser. Er kletterte die langen Leitern hinauf und stattete Besuche im ersten, zweiten, dritten, ja im achten Stockwerk ab, und er machte Spaziergänge aus der einen Straße in die andere und gab ihnen feine und sonderbare Namen, die sonst niemand kannte. Der Platz um den großen Tisch war der Markt, und in dem Hause, wo die Folianten aufgestellt waren, dort wohnten der König und Hermann selber.

Die Bibliothek war Hermanns Stadt, und da war selten jemand, der seinen Frieden störte. Der Vater war kein Bratt, er war da hineingekommen aus der großen Stadt. Er fand sich nie in dem Hause zurecht. Er war beständig auf der Fahrt zur Stadt und betrieb sein Geschäft weiter, obwohl er es nicht nötig hatte. Und in jedem Frühling wurde er reisekrank. Dann musste er von dannen, in die Welt hinaus und Bekanntschaften machen, in den feinen Restaurants sitzen und sich einen leichten Rausch antrinken, ehe er zum Leben in die fremden Straßen hinausging.

Hermann entsann sich undeutlich – der Vater war gestorben, als Hermann noch ganz klein war – wie der Großvater und die Mutter und der alte Diener Ferdinandsen förmlich Mitleid mit dem alten Manne gehabt hatten, der auf die Reise musste. Das Reisebedürfnis des Vaters war Hermann von Kindheit an wie eine Art Krankheit erschienen, wie etwas, worüber man den Kopf schüttelte.

Hermanns Mutter saß zu Hause. Wenn Hermann an seine Kindheit dachte, sah er sie als grauhaarige, feine Dame, die las und viel Klavier spielte. Der stärkste Eindruck war die Musik. Er sah sie mit dem weichen, grauen Haar am Klavier sitzen und spielen, am liebsten Beethoven. Hermann erinnerte sich jeder Note in dem Andante der zehnten Sonate.

Aber aus den späteren Jahren waren Hermanns Eindrücke so reich und stark, dass sich kein Einzelner von den anderen ausschied. Der Mutter entwickelte er auf langen Spaziergängen seine vielen Pläne, sie schüttelte lächelnd den Kopf und sagte: Mache eine Arbeit fertig. Er versuchte, konnte es aber nicht. Es kam immer etwas Neues. Ihm fehlte eine persönliche, starke Tendenz, um die er seine Eindrücke sammeln konnte, ihm fehlte das Erlebnis, das ihm die Fähigkeit verleihen würde, völlig zu verstehen, was die anderen erlebten. Deshalb streifte er ohne festen Plan umher, wie ein Reisender in einer Stadt. Aus der einen Bibliothekstrasse kam er in eine andere, und dann waren da neue Bücher, die angeschafft werden mussten, neue Straßen, die Hermann gründete, Vorstädte, die unter den Augen der Mutter aus der alten Stadt aussprossten.

Und das Bild der Mutter verknüpfte sich für Hermann unauflöslich mit der Bibliothek. Er konnte oben auf einer der Leitern in Gedanken versinken, ein Buch in der Hand – das las Mutter, hier liegt eins ihrer Lesezeichen, das sagte sie an jenem Abend. –

Und neben dem Bilde der Mutter erblickte Hermann das Judiths. Ihr junges, frisches Kolorit sah er und die lächelnden Augen und die aufrechte Gestalt und die großen, starken Hände. Er sah Judith tanzend in das stille Haus hereinkommen, und sie sang, sodass die Töne gegen die Wölbungen schlugen wie Vögel, die auf starken Schwingen fliegen. Judith kam als zufälliger Gast, die Tochter des neuen Nachbars, aber sie wurde unentbehrlich, für die Mutter und für Hermann –

Der Nachbar starb und Judith reiste fort, um in Paris zu studieren. Zuerst schrieb sie häufig, dann wurden die Briefe seltener und seltener, wo war sie jetzt? Still war's im Hause, und ganz still wurde es, als Hermann seiner Mutter das Geleite hinaus gab.

Er saß die Nacht nach dem Begräbnis in der Bibliothek und wünschte, dass die Bücher um ihn zusammenstürzen möchten.

Er legte den Kopf auf seine Arme und schloss die Augen. Er wollte nichts sehen, nichts hören.

Aber aus den alten Straßen und aus den neuen, aus den Stockwerken und aus dem Hause des Königs schrie ihm der Verlust entgegen.

Und Hermann konnte nicht reisen und konnte nicht bleiben. Er arbeitete rastlos und ohne Ziel. Und fragten sie ihn, ob er eine Arbeit vorhabe, so schüttelte er den Kopf.

Da war er dreißig Jahre alt. Den reichen Kandidaten Falk nannten sie ihn. Sie respektierten seine Kenntnisse, bedauerten aber, dass er sie so wenig benutzte. Er könnte es sich ja leisten, meinten sie. Er brauche sich nicht um eine Stellung, um ein Legat, um Stunden in einer Schule zu bemühen. Und während die anderen vom Ehrgeiz oder von der Notwendigkeit angespornt wurden, stand Hermann still; und andere stürmten an ihm vorüber – und neideten ihm sein glückliches Los.

Er kam selten in die Stadt, man sah ihn nie in den Theatern. Er war beliebt bei seinen Kameraden, wie es jemand leicht werden kann, der sich nicht an der Konkurrenz beteiligt. Aber er hatte keine wirklichen Freunde und empfing fast niemand in seinem Heim. War er ausnahmsweise einmal mit anderen zusammen, so war er ein schlechter Gesellschafter. Entweder sprach er zu viel oder zu wenig. Er sei etwas zu gründlich, meinten die anderen. Wenn man eine Frage mit ihm diskutierte, wurde er niemals fertig. Da waren Reservationen zu beobachten, Nebenfragen, die notwendig beachtet werden mussten, weil sie die Hauptsache beleuchteten, man musste sich erinnern – durfte nicht vergessen, dass –

Und während derjenige, der die Diskussion angeregt hatte, der Sache längst überdrüssig war, fuhr Hermann fort, sich der Unterhaltung ganz gegen seinen Willen zu bemächtigen. Oder auch, er konnte völlig stumm dasitzen, weil ihn eine plötzliche Sehnsucht nach seinem Heim befiel. Die stilisierten Tapeten, die gezierten Puppenmöbel, alle diese Kruken und Teller, die sich mit ihren schmachtenden Farben so prätentiös breitmachten, – all das Aufgestellte in den Wohnungen der anderen, erweckte in ihm die Sehnsucht nach seinem eigenen Heim, wo alles an dem Platz stand, für den es geboren war. Da war auch so viel in den Unterhaltungen seiner Kameraden, was er nicht verstand, wofür er kein Interesse hatte. Eine Stadt hat ihre eigenen Unterhaltungsstoffe – ihre kleinen Intrigen, kleinen Neuigkeiten, kleinen Lächerlichkeiten –, die nicht für mehr genommen werden dürfen, als sie sind. Aber Hermann verstand nicht, was dahinter lag, er fasste alles buchstäblich auf, und dann war er gar nicht amüsant.

So saß er denn teilnahmslos und in sich versunken da und war den anderen lästig und langweilig.

Nein, ihm war am wohlsten daheim in der Bibliothek.

Und doch liebte er es, durch die Stadt zu gehen.

Er schlenderte langsam durch die kleinen Gassen in die lebhafte, immer von Verkehr wimmelnde Stadt, um den Bahnhof zu erreichen und nach Hause zu fahren.

Es war ein Abend zwischen Frühling und Sommer, und es wollte Hermann scheinen, als seien alle Menschen auf den Beinen. Die jungen Damen lachten und ihre neuen Kleider lachten, und befand sich auf einem Marktplatz eine Rasenfläche oder lehnte ein Baum an einer Mauer, so lachte auch das Grün mit den Fröhlichen.

Hermann ließ sich mit dem Strom treiben, und wenn eins der jungen Mädchen sich umwandte und ihm ein Lächeln zusandte – eine prüfende Aufforderung oder nur ein Ausdruck fröhlicher Stimmung – so haschte er im Fluge nach dem Lächeln wie nach einem munteren und bunten Schmetterling, der ihn in eine lustige Laune versetzte. Die Wagen eilten auf dem Fahrwege dahin. Einige waren ganz mit Passagieren besetzt. Zuweilen klang ein schallendes Lachen, von Peitschengeknall begleitet, durch die Luft. In anderen Wagen saßen nur zwei oder einer, alle aber hatten sie Eile, sie fuhren alle zu irgendeiner Verabredung.

Hermann genoss dies Lärmen und Drängen. Die Luft, die von Veilchen gesättigt war, die den Vorübergehenden in großen Körben feilgeboten wurden, und von starkem Parfüm, das den fein gekleideten Damen folgte, die Hermanns Arm streiften und ihn mit blanken, ausdruckslosen Augen ansahen, das Lachen, die Lebensfreude, das Peitschenknallen und das Lächeln machten sein Blut heiß und seine Augen lustig.

Er hatte es immer geliebt, durch den Lärm zu seiner Stille zurückzukehren.

Auch die Eisenbahnfahrt war ihm angenehm. Der Abendzug beförderte die Passagiere aus dem Ausland weiter nach Schweden. Hermann mischte sich unter die internationale Menge, die Nervosität der Damen belustigte ihn, und er bewunderte die Eingebildetheit der Herren, wenn sie mit ihren kleinen Reisemützen und langen Ulsters auf dem Bahnsteig auf und nieder stolzierten. Und schon allein, dass so viele Zigaretten geraucht wurden, verlieh dem Bilde ein amüsantes Kolorit.

Wenn dann Hermann im Abteil saß, das mit Leuten angefüllt war, die in ihren Taschen und Plaidrollen herumwühlten, den Fahrplan studierten, sich bemühten, die dänische Sprache zu verstehen, ihre Berechnungen machten, Geld zählten und überlaut ausrechneten, wie sie es machen sollten, damit alles stimmte, – so konnte ihn plötzlich ein Gefühl der Glückseligkeit überkommen, dass er zu Hause war, seine Sachen befanden sich in bester Ordnung, in einer halben Stunde würde er in Ruhe und Gemütlichkeit in seiner Stube sitzen, während die Eisenbahn die Ärmsten weiter rummelte, fremden Städten und schmutzigen Gasthöfen entgegen.

Als Hermann auf der Station anlangte, war da großes Gedränge. Seiner Gewohnheit gemäß schlenderte er langsam am Zuge entlang, um gute Reisegesellschaft zu finden. Vor einem Abteil erster Klasse stand eine große Dame, in einen eleganten, grauen, seidenen Mantel gehüllt. Sie trug einen weißen Reiseschleier vor dem Gesicht, sodass ihre Züge verhüllt waren, aber es lag etwas in der Haltung, der Art und Weise zu stehen, der kühnen Frisur, was Hermann reizte und ihn bestimmte, ihr Abteil zu wählen.

Sie wartete offenbar auf jemand. Hermann sah einen kleinen, grobknochigen Herrn sich den Weg zu ihr bahnen. Er war mit ausländischer und übertriebener Eleganz gekleidet. Ein langschößiger, strammsitzender grauer Überzieher, grauer Zylinder und graue Gamaschen über Lackstiefeln. Als er näher kam, sah Hermann sein Gesicht: Die Augen waren groß und unruhig, über dem schmalen Mund saß ein großer, grauer Schnurrbart, der auf deutsche Kaisermanier wie ein Fächer in die Höhe gestrichen war. Es lag ein eigenartiger Duft von Ausland über der großen Dame mit dem Schleier und dem kleinen, grauen Herrn.

Aber als sich Hermann näherte, sagte die Dame ziemlich laut auf Dänisch:

»Nun, haben Sie alles geordnet, Finsen?«

Hermann stutzte. Er kannte die Stimme. Unwillkürlich trat er dicht an die fremde Dame heran. Plötzlich sah er ihre Züge hinter dem Schleier. Und sie schlug ihn mit einem Ausruf zurück. Wie aus *einem* Munde riefen beide:

»Judith!«

»Hermann!«

II.

»Darf ich die Herrschaften bekannt machen«, sagte Judith, »Doktor Falk – Herr Finsen, mein Impresario.«

»Große Ehre!«, sagte Finsen und nahm den Hut ab.

»Willst du reisen, Judith?«, fragte Hermann.

»Ja, wir gehen auf die Tournee nach Schweden.«

»Aber warum habe ich dich denn nicht gesehen? Bist du lange in Dänemark gewesen?«

»Nein, mein Freund, wir sind heute Abend aus Deutschland gekommen.«

»Wir müssen einsteigen, der Zug geht ab«, sagte Finsen, und war Judith beim Einsteigen behilflich.

Der Eilzug führte sie in fliegender Hast gen Helsingör, von wo aus Judith mit der Dampffähre nach Schweden weiter wollte.

Sie saßen zu dreien im Abteil, und die Unterhaltung schleppte sich schwerfällig hin. Finsen sprach am meisten. Er konversierte wie ein Weltmann, sprach von Eisenbahnen und Restaurationswagen, von ein paar aufsehenerregenden Bildern, die er in Berlin in der Ausstellung gesehen hatte und von einem interessanten Prozess in London. Er fragte, ob es geniere, wenn er rauche, zündete sich eine Zigarette an und warf sie im nächsten Augenblick zum Fenster hinaus. Dann notierte er ein wenig in sein Taschenbuch, betrachtete den Gepäckzettel und machte sich mit Judith zu schaffen. Er hüllte sie in die Reisedecke, holte ihre Handtasche aus dem Netz herunter, bürstete Staub von ihrem Mantel und nahm ihre Handschuhe auf, wenn sie sie auf den Boden des Abteils fallen ließ.

Er war in fortwährender Bewegung. Und in der schlechten Beleuchtung des Abteils glich er mit seinen ein wenig zu hohen Schultern, seinen schwerfälligen Gliedern und seinem großen Kopf einem unruhigen Kobold, der sich verspätet hat und den Eingang zu seiner Höhle nicht finden kann.

Zwischen Judith und Hermann wurden nur wenige Worte gewechselt, sie konnten nicht miteinander sprechen, wenn Finsen um sie herumkramte, aber sie saßen da und sahen sich an, und die einzelnen Worte, die sie sagten, erhielten eine größere Bedeutung für sie.

»Wie lange ist es her, seit wir uns nicht gesehen haben!«, sagte Hermann und drückte Judiths Hand.

»Ja«, sagte Judith. Sie ließ die Hand in der seinen ruhen, und es war, als ob ihre Worte von ihrem Blut aufgesogen und mit dem Schlage des Herzens bis in die Fingerspitzen getrieben würden.

In ihrem Händedruck lagen Erinnerungen und Freude und Wehmut.

»Du wohnst wohl noch auf Brattsburg?«

»Ja, natürlich. Alles ist beim alten. Aber jetzt bin ich ganz allein.«

»Ja – jetzt bist du ganz allein.«

Sie saßen wieder schweigend da. Und sie wussten, dass sie jetzt beide an Hermanns Mutter dachten. In ihre Gedanken hinein schlich sich das Rasseln des Eisenbahnzuges, aber der sichere Takt der Stempelschläge ward zu einer alten Melodie, die sie beide kannten.

Judith strich sich mit der Hand über die Augen.

»Fahren Sie mit nach Helsingör?« ertönte plötzlich Finsens wunderlich klagende Stimme. Der Zug hielt jetzt bei der Station, wo Hermann aussteigen musste.

»Freilich tut er das«, antwortete Judith.

Finsen setzte sich mit einem etwas hastigen Ruck in das andere Ende des Abteils und zündete eine Menge Zigarren an, um sie gleich wieder wegzuwerfen, während er auf die dunklen Wälder hinausstarrte, durch die sie fuhren.

Hermann beugte sich zu Judith hinüber und sagte:

»Alles steht daheim, wie du es verlassen hast. Es ist, als habe es nur auf dich gewartet. In den Zimmern sind dieselben Möbel, und der Flügel steht an dem Platz, aber selten rührt ihn jemand an. Und jetzt kehrst du zurück und nimmst das alles in Besitz.«

Judith sah ihn erstaunt an.

»Ich kehre zurück – woher weißt du das?«

»Hast du es nicht gesagt? Ich dachte doch.«

Judith wusste es nicht. Hatte sie es gesagt? Oder war es nur ein Gedanke, der ihr durch den Kopf gefahren war?

Aber das war ja Wahnsinn!

Da hinten im Dunkeln gewahrte sie undeutlich Finsens graue Gestalt, und sie saß hier in Reisetoilette, die Reisetasche schaukelte im Netz über ihrem Kopf, und im Gepäckwagen stand ihr großer Koffer mit den reichen Toiletten zu den Konzerten und mit den Kontrakten, Finsens Meisterwerken, durch die sich die Paragrafen so listig schlängelten, wie die Lianen in einem Urwald.

Und Judith musste lächeln über den sonderbaren, unerfahrenen Hermann, der glaubte, dass alles abgemacht sei.

»Lieber Hermann, du glaubst gewiss, dass das Leben einer Künstlerin ihr selber gehört.« Sie sagte Künstlerin mit einer etwas hochmütigen Betonung des Wortes, die Hermann verletzte. »Nein, mein Freund, ich bin gekauft und verkauft. Ich muss singen, wenn ich soll, die Reise unterbrechen, wo der Kontrakt es verlangt, und weiterfahren, wenn es im Voraus berechnet, verabredet, bezahlt ist. Du brauchst gar nicht so auszusehen, als wärest du aus den Wolken gefallen, denn es geht mir nicht anders als allen anderen.«

»Arme Judith!«

»Arme Judith – das darfst du nicht sagen.« Judith redete sich warm, und ihre lauten Worte veranlassten Finsen, sich nach ihr umzuwenden und ihr zuzuhören. »Ich bin durchaus nicht zu beklagen, und ich habe das Leben gewählt, weil ich es von ganzem Herzen liebe. Jeder Tag bringt mir etwas Neues – neue Bücher, neue Menschen, neue Eindrücke. Warum sollte ich nicht leben, wie ich es tue?« Ihre Stimme verstieg sich zu einem hohen Diskant und klang nervös und unnatürlich. »Ich stehe ja außerhalb des Ganzen. Ein Ort ist mir ebenso lieb wie der andere.«

Und plötzlich tönte Finsens Stimme aus der andern Ecke zu ihnen herüber.

»Ganz recht, ganz recht. Oder vielmehr: Ein Ort ist besser als der andere, weil das Neue immer besser ist als das Alte. Was sollte man in diesem kleinen Lande wohl anfangen? In Kopenhagen zwischen denselben langweiligen Menschen herumtraben, die einander belauern, beschwatzen und beneiden? Hier sind viel zu viele alte Jungfern und ledige Mannsleute in diesem Land und viel zu viel Telefone – an jedem Telefondraht hängt eine alte Jungfer und erteilt Rapporte. Nein, weg von dem allen. Keinen Klotz am Bein.«

Es war, als husche ein Schatten über Judiths Gesicht. Sie hatte etwas gesagt, was ihr halbwegs leid war, weil es Hermann verletzte, und es war ihr peinlich, dass Finsen ihr beistand und ihre Worte förmlich festnagelte.

Sie wandte sich an Finsen und sagte neckend:

»Da haben wir es. Klotz am Bein, nicht wahr, Finsen? Klotz am Bein – wollen Sie Herrn Falk das nicht ein wenig eingehender erklären?«

Wie ein Rasender fuhr Finsen auf Judith ein und brüllte ihr ins Gesicht:

»Ja, das will ich tun. Frau Finsen meine ich, Frau Alma Finsen mit ihrem ganzen Gelichter, die ich um Ihretwillen verlassen habe.«

Hermann sprang auf, packte Finsen beim Arm und warf ihn auf den Sitz zurück.

»Sind Sie verrückt, Mensch?«

Judith aber brach in ein Gelächter aus.

»Setze dich ruhig hin, Hermann. Er bellt, aber er beißt nicht.«

Es wurde plötzlich ganz still im Abteil. Hermann war wie gelähmt. Er verstand kein Wort von dem, was vor sich gegangen war. Es war ihm, als säße er plötzlich zwischen Menschen, die ihm wildfremd waren. Der Zug eilte von dannen, aber der Takt der Stempelschläge war wild und nervös.

Nach einer Weile sagte Judith:

»Du sollst nicht dasitzen und darüber nachdenken, Hermann. Wir beide können in einem Eisenbahnabteil nicht miteinander reden. Ich habe ringsumher in Europa so viele getroffen, mit denen ich mich während einer Bahnfahrt gut und lange unterhalten habe, aber wir beide können es nun einmal nicht. Kehre dich nicht an das mit Finsen, das war eine kleine, unschuldige Neckerei.«

»Jetzt sind wir da«, sagte Finsen.

Der Zug rollte auf den Bahnsteig von Helsingör. Finsen öffnete mit seinem Stock die Tür des Abteils, während der Zug noch in der Fahrt begriffen war. Er war der erste der Reisenden, der auf dem Bahnsteig stand. Mit großer Gewandtheit ordnete er alles.

»Wollen Sie sich der Handtasche und der Plaids annehmen, Herr Doktor, es sind im ganzen drei Teile. Sie müssen nach der Fähre hinunter, wollen Sie sich vielleicht in den Rauchsalon setzen. Bitte, hier ist meine

Hand, gnädiges Fräulein. Herr Doktor begleitet Sie auf die Fähre, während ich für das Gepäck sorge. So – jetzt laufe ich –«

Und der kleine Mann glitt durch das Gewimmel.

Hermann bahnte sich langsam einen Weg, Judith am Arm führend. Er wollte tausend Dinge sagen, fragen, geloben, bitten. Gedanken und Pläne stürmten auf ihn ein, während er von allen Seiten gepufft wurde.

Als sie aus dem Bahngebäude herausgekommen waren und die Fähre vor sich liegen sahen, blieb er plötzlich stehen, und alle seine Fragen und Versprechungen und Gedanken und Pläne verdichteten sich zu dem einen Wort, das er Judith zuraunte, während er unwillkürlich ihre Hand ergriff:

»Bleibe!«

Judith zuckte zusammen.

»Bleiben – meinst du das wirklich?«

»Ja, so gewiss, wie ich je irgendetwas gemeint habe, was ich sagte.«

Judith stand einen Augenblick still, dann glitt ein Lächeln über ihr Antlitz.

»Und Finsen?«

Hermann trat mit ihr aus dem Gedränge.

»Bleibe, Judith, du musst. Um aller unserer Erinnerungen willen musst du bleiben. Und um meinetwillen – um meinetwillen – hörst du, Judith?«

Die Glocke der Dampffähre läutete. Mit einem dumpfen Schall von Eisen auf Stahl wurden die Eisenbahnwagen verladen. Die Reisenden eilten an Bord.

Hermann gab Judiths Arm frei und lief nach der Fähre. Er winkte Judith, dass sie bleiben solle. Sie stand im Finstern, noch immer lächelnd.

Hermann blieb bei der Landungsbrücke stehen. Jetzt sah er Finsen auf dem Verdeck, nach allen Seiten spähend; er winkte ihn zu sich heran und rief ihm zu:

»Haben Sie das gnädige Fräulein gesehen?«

»Nein«, rief Finsen.

»Ja, ich habe sie an Bord gebracht, aber sie ist in eins der durchgehenden Abteile gestiegen, es war windig.«

Die Passagiere waren an Bord. Hermann musste seinen Platz verlassen, da die Landungsbrücke herabgelassen werden sollte.

»Ja, sie sitzt in dem Abteil. Nun ja, adieu, Herr Finsen und auf Wiedersehen. Das gnädige Fräulein bat mich noch, Ihnen zu sagen, dass sie gern eine Tasse Tee haben möchte.«

»Das will ich schon besorgen. Adieu, Herr Doktor, habe mich sehr gefreut, Ihre Bekanntschaft zu machen.«

Schnaubend setzte sich die Dampffähre mit ihrer schweren Last in Bewegung. In ausgelassener Laune nahm Hermann seinen Hut und schwenkte ihn.

Dann glitt die Fähre in die Dunkelheit hinein. Die elektrischen Lichter erloschen, und Finsens Gestalt wurde ausgelöscht.

III.

Judith stand hinter Hermann und schob lachend ihren Arm unter den seinen.

»Ja, nun hast du mich«, sagte sie.

»Judith, wie soll ich dir danken!«

»Zuerst müssen wir an das Hotel in Helsingborg telegrafieren, wo ich die Nacht hatte bleiben wollen. Sonst haben wir Monsieur Finsen wieder hier, ehe wir es uns versehen.«

Sie gingen auf die Telegrafenstation, und Judith schrieb das Telegramm, während sie die Zungenspitze zwischen den lächelnden Lippen balancieren ließ.

»Bleibe drei Tage in Kopenhagen. Reisen Sie weiter, Konzert drei Tage später arrangieren. Treffen uns Göteborg.«

»Eiltelegramm!«, rief sie dem Telegrafisten zu.

Und während sie ihren Handschuh anzog, hörten sie und Hermann den schnellen Schlag des Telegrafenschlüssels die Nachricht von ihrem Glück über den Sund senden.

Dann gingen sie in die Stadt, um einen Wagen zu ergattern. Es war keiner an dem späten Zug, der eigentlich nur zur Durchreise benutzt wurde. Judith und Hermann mussten in die engen Straßen hinein, um die Wohnung eines Fuhrmanns aufzusuchen.

Sie gingen mit Wohlbehagen durch die Ruhe und Stille. Sie kamen durch enge Gassen, wo die Häuser sich vor Alter vornüber neigten und in die Knie sanken, sie balancierten über ein paar mürbe Bretter auf einem verfallenen Hof, der von baufälligen Galerien eingerahmt war, sie schellten an einer zerrissenen Glocke und kamen sich vor wie ein Paar Abenteurer, die eine Beförderung in das Land der Romantik suchten.

Sie fuhren in der Lenznacht in dem halb zurückgeschlagenen Wagen am Sund entlang nach Hermanns Heim.

Sie fingen an, von Finsen zu sprechen, obwohl er sie nicht interessierte. Aber keines von ihnen wollte von dem sprechen, was ihnen beiden am nächsten lag. Sie benutzten Finsen als Vorwand.

Hermann lauschte Judiths Stimme, ohne auf die einzelnen Worte zu achten. Hin und wieder führte ein Windhauch von der See einen Zipfel von Judiths Mantel über seine Knie, dann erbebte sein ganzer Körper.

Finsen hatte Judith singen hören, als sie vor drei Jahren nach Paris kam, um dort zu studieren. Er, der ein hervorragender Pianist war, kam gleich auf sie zu, um ihr zu sagen, dass sie eine seltene Stimme habe, und dass er sie zu einer berühmten Sängerin machen wolle. Sie hatte zugeschlagen, weil Finsen ein sehr angesehener und ein sehr begabter Mann war. Er führte sie von ihren Landsleuten fort und in interessante Pariser Kreise ein, und er kämpfte tapfer, um die vielen Männer, die sie umschwärmten, in gebührendem Abstand zu halten. Denn Finsen liebte Judith mit einer Leidenschaft, die sie anfänglich erschreckte und ihr später lächerlich vorkam. Eines Tages, als sie sich zu einer großen Tournee vorbereiteten, hatte er in völlig erotischer Ekstase erklärt, dass er sie niemals verlassen werde. Er wolle um ihretwillen alles aufgeben. Er habe schon alle Brücken abgebrochen und sei um Scheidung von seiner Frau eingekommen, und werde nun fortwährend mit empörten Briefen von ihr und ihrer Familie bombardiert. Jetzt gehöre er Judith, und sie könne mit ihm machen, was sie wolle. Er wolle ihr folgen und sie nie aus den Augen lassen. Er wolle sie umkreisen, bis sie ihn erhörte.

Judith war bezaubert von seiner Fähigkeit, ihren Gesang zu verstehen, er ahnte alles, was darin lag, und weckte ihr eigenes Verständnis dafür. Was konnte ihr da das andere schaden? Einen Impresario musste sie haben, und es gab keinen besseren als Finsen. Und der ewige Kampf mit ihm schmeichelte ihr anfangs und ward ihr allmählich zur Gewohnheit. Die beiden Menschen waren gewissermaßen aneinander gekettet, und sie zerrten jeder an seiner Seite der Kette.

Judith erzählte, während sich die Dunkelheit über den Sund und den einsamen Wagen herabsenkte, der sich langsam an dem stillen Strandwege entlang arbeitete.

Als sie ihre Erzählung beendet hatte, sagte Hermann: »Judith, ist das nicht ein Traum? Fahre ich wirklich mit dir nach meinem Heim? Ich höre, dass du redest, aber ich weiß kaum, was du sagst.«

Judith beugte sich lachend über ihn und sagte:

»Sich mich doch an – ich bin wirklich kein Gespenst.«

»Bist du es – du, Judith – Judith – ist es nicht eine Vision, wie an jenem Abend in der Bibliothek, als die Sehnsucht nach dir mich so heftig überkam, dass ich dich sah? Ich konnte es nicht lassen, in meinen öden Stuben umherzugehen und nach dir zu suchen. Ich ging in einer eigentümlich festlichen Stimmung und fühlte dich um mich herum. Es war ein Sommerabend, und ich konnte den Blumenduft durch die offenen Fenster spüren. Dann setzte ich mich wieder in die Bibliothek, und zum ersten Mal in meinem Leben fühlte ich mich ganz als Dichter. Es war, als kämen die Worte ganz von selber aufs Papier, als schriebe ich aus meinem tiefsten Erlebnis heraus. Und wenn ich nun die Worte, die ich mir selber sooft leise vorgesungen habe, dir sage, so kehren sie ja zu ihrem Ursprung zurück.«

Ganz leise sagte Hermann:

Die goldene Nacht.

Zu diesem strahlenden Titel
Schreib' ich ein schlichtes Lied.
Die Nacht, so still und schweigend
Über die schlafende Erde zieht.

Langsam zieht sie und schweigend
Hin über Land und Meer,
Zwei glücksel'gen Menschenkindern
Leuchtet ihr Sternenheer.

Ich glaube, es schritt ein Wandrer
Wohl über den taufeuchten Rain,
Ahnte nichts von der Wonne,
Die in dies stille Haus zog ein.

»Begreifst du jetzt, dass ich nicht so recht daran zu glauben wage, dass dies mehr ist als ein Traum – nein, du verstehst mich überhaupt nicht und ich weiß nicht, wie ich dir mein ganzes Leben erklären soll. Zu Hause will ich versuchen, es zu tun. Zu Hause in der Bibliothek und in meinen eigenen Räumen. Hier will ich nur, meinen Arm um dich geschlungen, sitzen und deine Nähe fühlen.«

»Aber sage mir doch, Hermann, was hast du im Grunde in den drei Jahren erlebt, seit ich dich nicht gesehen habe?«

»Nichts und alles. Ich habe so wenig erlebt, dass ich mich noch nicht von meiner ersten Jugend losgerissen habe, und soviel, dass ich zu nichts mehr Lust habe. Es kommt mir vor, als wenn die anderen eine große Komödie spielten, in der ich keine Rolle erhalten habe. Aber das ist verkehrt, denn man soll mitspielen. Man soll sich selber sagen: Ich will die oder die Maske tragen – die des Gelehrten, des Dichters, des Beamten, des Politikers, was es nun sein mag. Man soll versuchen, in die Illusion hineinzukommen, dass dies alles etwas bedeutet, denn sonst kann man das Leben nicht leben. Und man soll dafür sorgen, sich soviel wie möglich mit den andern zu schaffen zu machen. Man soll ihnen schmeicheln und Interesse für ihre Angelegenheiten heucheln, man soll sich vor dem Platz der Mächtigen beugen, um später selber dort zu sitzen und zu sehen, wie sich andere vor einem beugen. Aber siehst du, wir Bratts haben das niemals nötig gehabt, und deshalb kann ich es auch nicht. Wir sind schlechte Soldaten, denn wir mögen uns nicht führen lassen. Ich habe nur eine Eroberung gemacht, und die führe ich über Nacht in das Haus meiner Väter!«

Sie saßen eine kleine Weile schweigend da. Judith unterbrach die Stille.

»Sobald ich dich traf, überkam mich eigentlich die Lust zu bleiben. Ich habe Dänemark ja seit mehreren Jahren nicht gesehen. Als du und ich vorhin in der Bahn saßen, packte mich ein Gefühl, dass ich wieder daheim sei. Weißt du noch, als ich reisen wollte? Den letzten Abend brachtest du mich in die Bibliothek. Ach, wie jung und verlegen wir damals beide waren. Ich sehe dich noch vor mir. Du wandertest zwischen allen den Regalen auf und nieder. Und du erzähltest mir, dass du mich liebtest, und du sagtest, ich solle nicht reisen, du könntest mich nicht entbehren. Wie deutlich du mir vor Augen stehst! Du sprachst in fliegender Eile und wagtest nicht einmal, mich anzusehen. Und schließlich kamst du und küsstest mir die Hände. Ach ja, ich war damals so dumm und unbarmherzig. Aber »das Reisefieber lag mir im Blut, und während du mich batest, zu bleiben, stand ich in meine eigenen Gedanken versunken da und nahm Abschied von der Bibliothek und dem Hause und von deiner Mutter und dir – und wünschte, dass es erst der nächste Tag sei, und dass ich erst in der Bahn säße. Lieber Hermann! Und während ich umherstreifte und sehr wenig an dich dachte, saßest du daheim auf demselben Fleck und dachtest an mich.«

Sie saßen jetzt schweigend da, jedes mit seinen Gedanken beschäftigt. Und plötzlich sagte Judith:

»Drei Tage – drei Tage haben wir jetzt.«

Hermann sprang auf.

»Drei Tage – was soll das heißen? Meinst du, dass du jemals zu Finsen zurückkehren wirst? Ich sollte dich von mir lassen! Drei Tage – ja, und alle Tage, die darauf folgen.«

Judith lehnte sich in Hermanns Arm zurück und fühlte mit Wohlbehagen, wie stark er sie umschlang. Er war nicht der verlegene Hermann, den sie kannte; es war wieder die verwegene Liebe in ihn gefahren, wie in Helsingör, als er für sie handelte und sie Finsen mit Gewalt entriss.

Und plötzlich fühlte sie Hermanns Mund auf dem ihren. Sie schlang die Arme um seinen Hals und ihre Lippen begegneten sich wie Flammen. Sie wussten nicht, wer sie waren, es gab nicht Zeit, nicht Raum für sie. Die Nacht breitete ihre weichen Schwingen über sie aus und das Plätschern des Sundes trug sie weit weg.

Ein Peitschenknall weckte sie, der Wagen stand mit einem Ruck still, und der schläfrige Kutscher, der fast auf dem ganzen Wege geschlafen hatte, wandte sich nach ihnen um.

»Hier ist es!«

Hermann sprang zuerst hinaus. Er nahm Judiths Reisetasche vom Bock, bezahlte den Kutscher und hob Judith herab.

Es war gegen vier Uhr, die Morgendämmerung schimmerte draußen über den Sund. Es war nicht hell und nicht dunkel, es war eine Nacht mit Verheißungen von einem Tage und ein Tag, der die Nacht noch nicht vertrieben hatte. Das alte, weiße Haus lag schweigend dahinter, aber oben auf dem Dache begann es schon zu schimmern, und in den Bäumen des Parkes erwachten die Vögel.

Hermann stand, Judith in den Armen haltend, da.

Er trug sie nicht wie eine Last, sondern als sei sie eine feine, duftende Blume.

Unten vom Strandwege her drang das Knirschen der Wagenräder an ihr Ohr. Dann verschwand der Wagen, und keine Spur von Menschen war mehr vorhanden.

Und in jubelndem Lebensmut hob Hermann Judith hoch in die Höhe, zu der steigenden Sonne empor, und rief mit der vollen Kraft seiner Lungen über das erwachende Land:

»Judith!«

Dann setzte er Judith wieder nieder und schloss ihr die Tür des Hauses auf.

Eine fieberhafte Geschäftigkeit befiel sie beide. Sie sprachen leise, um niemand von der Dienerschaft zu wecken, geräuschlos trugen sie Judiths Sachen in Hermanns Schlafzimmer.

Sie sahen einander nicht an; wenn ihre Hände sich begegneten, zitterten sie. Die Verwandlung aus dem Dunkel und der Einsamkeit da draußen zu dem Licht im Zimmer und der Wirklichkeit der Möbel machte sie unsicher. Judith zog die Vorhänge langsam vor die Fenster.

Draußen erwachte der Tag mehr und mehr, und als Judith sich nach Hermann umwandte, fiel ein Sonnenstreif durch die schmale Öffnung zwischen den Gardinen auf ihr Haar.

Hermann streckte seine Arme nach ihr aus, er umfasste ihren Körper, sie schlossen beide die Augen. Zärtlich küsste er ihr Stirn und Haar, einmal, viele Male. Hermann war leichenblass, sein Blick mied den ihren und sein Umfangen löste sich, als würden seine Arme gelähmt. Ohne ein Wort zu sagen, stürzte er zur Tür hinaus.

Judith stand einen Augenblick ganz verwirrt da, das Blut schoss ihr ins Gesicht, und ihre Hände wurden ganz weiß und kalt. Aber das währte nur eine Sekunde. Dann sank das Blut wieder, und sie musste unwillkürlich lachen.

Sie hörte Schritte auf dem Kies draußen, und sie guckte durch die Öffnung zwischen den Gardinen.

Da draußen ging Hermann unruhig und hastig auf und nieder, ohne Hut. Judith summte eine Melodie vor sich hin, als sie sich langsam entkleidete.

Sie ließ sich mit Wohlbehagen zwischen die weißen, kühlen Betttücher gleiten, die Müdigkeit beschlich sie liebkosend, und als sie sah, dass sie vergessen hatte, ihre Ringe abzunehmen, fühlte sie sich zu wohlig, um aufzustehen und sie abzulegen. Noch im Halbschlummer hörte sie Hermanns Schritte draußen vor dem Fenster.

Dann überkam sie der Schlummer ganz, sie hörte nichts und träumte nicht. Auf ihren Lippen lag noch ein Lächeln. Die Strahlen der Sonne flimmerten tiefer und tiefer ins Zimmer hinein, schließlich erreichten sie Judiths Hand und ließen alle die kostbaren Steine in ihren Ringen aufblitzen.

IV.

Es waren Judiths Ringe, auf die Hermann unwillkürlich seine Augen zuerst richtete, als sie nach einem langen Schlaf gegen Nachmittag in die Bibliothek trat, wo er saß.

Er sah die Ringe an, weil er einen Haltepunkt für die Augen haben musste, denn wenn er Judith selber ansah, wusste er nicht, wo er beginnen sollte. Er konnte die einzelnen Züge nicht sammeln. Freilich kannte er das alles, ein und aus kannte er den reichen Fall ihres Haares und die Zeichnung über den Augen und die feingebogene Nase und die Oberlippe, die sich über den weißen Zähnen ein wenig in die Höhe zog, und er kannte ihren schlanken Hals und den Rücken, der sich geschmeidig über den feinen Hüften erhob, alles kannte er, weil er es sich sooft vorfantasiert hatte, und doch, doch war da etwas, was ihn jetzt verwirrte, wo er einen Menschen vor sich sah, eine Frau im Schein des Tageslichts, und deren Hände mit einem ruhigen Griff in den seinen ruhten.

Er fühlte sich verwirrt wie den vorhergehenden Abend, es war so unvorbereitet für ihn, dass sie dastand, sie selber, Judith, Judith mit ihrem duftenden Haar und der Wirklichkeit ihres starken Körpers.

Es war ihm, als blende es ihn, und er würde seine Augen geschlossen haben, als säße er in einem dunklen Zimmer, in das plötzlich Licht hineingebracht wurde, wenn nicht die Ringe da gewesen wären, die Ringe, die in seinen Fantasien über Judith nie mit dabei gewesen waren und die das einzige waren, was er nicht kannte.

Und er behielt Judiths Hände in den seinen und sagte lächelnd, während er die Ringe betrachtete:

»Die Ringe dort erzählen mir sonderbare Geschichten. Es sind ausländische Ringe, Weltdamenringe.«

Und er ließ seine Finger über sie hingleiten.

»Sieh, wie geheimnisvoll die weiße Perle ist. Kalt und vornehm hängt sie am Finger wie ein unergründlicher Tropfen, und der rote Rubin funkelt so verliebt zwischen den kleinen Diamanten, wie heißer Wein in einem geschliffenen Glase, und hier, hier sitzt der große Diamant als reiche, selbstbewusste Huldigung. Zeige deine Pracht der Sonne deiner

Heimat«, sagte er und lachte ein wenig zu laut, weil er nur geredet hatte, um nicht zu schweigen.

»Jetzt bist du neugierig«, jagte Judith, und schob die Ringe zurecht. »Du denkst, dass jeder Ring seine Geschichte hat? Es ist hübsch von dir, dass du mich nicht für eine von denen hältst, die selber in die Juwelierläden gehen und sich Schmucksachen kaufen. Soll ich dir alle Geschichten erzählen?«

»Keine davon, sie gehen mich ja nichts an.«

»Und bist du nicht eifersüchtig?«

»Nein, nicht im Allergeringsten.«

»Das ist doch sonderbar.«

Judith trat von ihm zurück. Das Schweigen bedrückte sie beide ein wenig. Dann kam der Diener, um zu melden, dass angerichtet sei.

Sie saßen lange bei Tische und ihre Unterhaltung wurde munter und leicht, weil der Wein, den sie tranken, fein und stark war.

Judith führte das Wort. Sie erkannte das Porzellan und die Glassachen wieder und fühlte sich traulich berührt dadurch, das Essen schmeckte ihr ganz anders als in den Hotels und Cafés, sie saß so gemütlich hier, wo kein Kellner hinter ihrem Stuhl lauerte.

Sie fand, dass es gut sei, hier zu sitzen und an das zu denken, was sie erlebt hatte, und sie erzählte von ihrem Leben in den Künstlerkreisen des Auslandes, und fast ohne dass sie darüber nachdachte, schimmerte ein wenig von der Geschichte der Ringe hindurch.

»Ich habe mich nie nach Hause gesehnt, ich habe hier ja im Grunde auch nichts zu schaffen. Seit meiner frühesten Jugend habe ich gehört, dass ich Künstlerin werden sollte, Vater sprach von nichts anderem, und deine Mutter, die einzige Mutter, die ich gekannt habe, sagte ja immer, es sei ein Glück für eine Frau, einen Beruf zu haben.«

»Nun ja, das ist es auch.«

»Aber trotzdem, Hermann, ist es so sonderbar, alle Leute aus den Konzerten nach Hause fahren zu sehen, nach ihrem eigenen Heim, wo sie sich wohlfühlen, nachdem sie sich amüsiert haben, wahrend man selber weiter hastet. Aber dann tröstet man sich ja. Zuweilen bedauere ich diese Damen, die da unten sitzen und in die Hände klatschen, wenn ich gesungen habe, – stell' es dir vor, sein ganzes Leben lang Zuhörer zu sein. Und immer dasselbe zu sehen, die vier Wände daheim, dieselben Pflichten jeden Tag und dieselben Umgebungen. Da oben auf dem Podium stehe ich ja doch hoch über ihnen allen. Aller Augen sind auf mich gerichtet. Und dann denken sie sich natürlich alles mögliche Romantische von mir.«

Sie standen vom Tische auf und setzten sich in das Wohnzimmer.

Judith rauchte ihre Zigarette, in die Polster des Sofas zurückgelehnt.

Wenn sie sprach, lauschte Hermann so wie am vergangenen Abend mehr ihrer Stimme als ihren Worten, und während es im Zimmer langsam dunkel wurde, huschten alle Erinnerungen in seinen Gedanken vorüber.

Judith erzählte von den Mäzenen rings umher in den Städten.

»Man erhält ja einen Einblick in manch eine wunderliche Häuslichkeit, mich hat aber noch nicht eine einzige verlockt. Die wahren Häuslichkeiten, die sieht man ja natürlich nicht, die erschließen sich nicht jedem Beliebigen. Man kommt nur in diese Gesellschaftshäuslichkeiten. Es gibt ja in allen Städten solche Warmhäuser für Künstler. Dann geht man in den Salons umher, lässt sich konversieren, und der Wirt und die Wirtin fühlen sich ja ungemein geehrt. Hinterher lacht man über sie, wenn man ihnen das überhaupt spendiert. Und dann kommen die jungen Frauen. Eine nach der anderen kommen sie, um ihren Kummer in unsere Busen auszuschütten. Sie müssen Luft haben, weißt du. Und wenn man nun den Vorzug hat, ihren Enttäuschungen oder ihrem Sehnen oder ihrer Hoffnung in seinem Gesang Luft zu machen, so müssen sie darüber reden. Sie finden, dass das romantisch und zugleich natürlich ist. Und einer fahrenden Künstlerin können sie ja hunderterlei sagen, was sie ihren Freundinnen niemals anvertrauen würden. Sie sehen mich aller Wahrscheinlichkeit nach nie wieder, es ist, als sprächen sie zu einem rinnenden Wasser. Ach ja, die jungen Frauen haben so viele Geheimnisse, und es sind dieselben in allen Städten. Zuweilen aber habe ich in einer solchen Gesellschaft wohl ein junges Mädchen gesehen, mit dem ich gern so recht traulich hätte plaudern mögen, ich kann mir kaum denken, dass es zu lauter Konversation geworden wäre. Es ist immer dasselbe, und es ist im Grunde langweilig.

Aber das Ganze währt wohl nur seine Zeit. Und was dann? Es ist sonderbar, daran zu denken, – nun ja, so große Eile hat es damit wohl noch nicht.«

»Du sollst nichts weiter als hier sitzen und ein Gefühl des Friedens haben«, sagte Hermann.

Judith saß am Klavier, und plötzlich suchte sie die zehnte Sonate heraus, leise spielte sie das Andante.

Hermann stand hinter ihrem Stuhl, und unwillkürlich sprach er fast flüsternd:

»Mutter, und du – jetzt, wo die eine hier sitzt, entbehre ich die andere umso heftiger. Wenn Mutter auch hier wäre, so wäre das erfüllt, wovon ich träumte, wenn ich hier allein umherging und in Gedanken mit euch redete. Und jetzt, jetzt finde ich nicht die Worte, die ich sagen will. Jeden Augenblick halte ich inne, weil mir ist, als hätte ich das alles schon einmal gesagt.«

Judith begann zu singen oder vielmehr, sie summte eine Melodie vor sich hin.

Es war, als sähe sie Hermann nicht, sie ging ganz auf in einer ruhigen und leidenschaftslosen Ausübung der Musik, – sie ruhte sich aus, wie sie so in der Dämmerung dasaß und Bruchstücke von Melodien vor sich hinsummte, alte Lieder und neue, alles, was ihr in den Sinn kam:

Hermann stellte sich an das Fenster und trommelte leise auf die Scheibe, wie er es zu tun pflegte, wenn er dastand und sich ausruhte oder an irgendein Dichterwerk dachte.

»Alles ist schon einmal geschehen«, sagte er. »Da ist ein alter Dichter, der dies alles vorempfunden und es in einem der französischen Ritterromane niedergeschrieben hat; ich entsinne mich gerade nicht mehr in welchem. Auch er hat da gesessen in der Dämmerstunde mit der, die er liebte, und sie hat ihm vorgesungen, so wie du mir jetzt.

> La reine chante doucement,
> La vois a corde à l'instrument,
> Les mains sont beles, li lais bons,
> Douce la vois et bas li tons.

Und Hermann erhob sich, trat an Judith heran und küsste sie auf die Stirn.

Sie schlang die Arme um seinen Kopf, presste ihn an sich und sagte dann ganz leise, während ihr die Tränen unwillkürlich in die Augen traten:

»Hermann, was soll nur einmal hieraus werden?«

»Was meinst du damit?«

»Ich meine es so, wie ich es sage. Was soll mit uns beiden werden? Komm, lass uns einmal ruhig miteinander reden.«

Judith setzte sich in das Ecksofa, Hermann blieb am Klavier stehen.

Judith strich sich übers Haar und sagte:

»Ich habe die Liebe vieler Männer gekannt, nie aber eine Liebe wie die deine. Das Schicksal hat mich mit vielen zusammengeführt, und ich habe mit meinem Willen und gegen meinen Willen die Liebesworte vieler Männer angehört. Du sollst es nicht für mehr nehmen, als es ist, und viel davon ist sehr wenig. Nun ja, das ist wahr, – nicht einmal daraus machst du dir etwas!?

Aber was bist du denn im Grunde für ein Mensch, Hermann!

Du hebst meine Hände zu der Sonne empor, und du lässt meine Hand ganz gleichgültig wieder herabfallen. Aber verstehst du denn nicht, dass ich dir entweder das Ganze erzählen muss, oder ich muss meiner Wege gehen.

Ich habe oft das hässlich empfunden, das darin lag, wenn die begehrlichen Augen eines Mannes auf mir ruhten. Ich habe erlebt, dass die Männer mir nachgespürt haben wie tolle Hunde, ich habe gehört, wie ihnen die Stimme überschnappte und gemerkt, wie sie ihre gierigen Gedanken unter forcierten Worten verbargen – ich habe auch das Schöne in der fast wortlosen Huldigung feiner Männer empfunden – nun ja, auf so einer Tournee geht es ja schnell auf und nieder, und in den Künstlerzimmern hinter der Konzerttribüne wimmelt es immer von Männern, – aber das, was ich in den letzten vierundzwanzig Stunden erlebt habe, das macht mich ganz unsicher und schmerzt mich im Grunde.

Du musst mich nicht unterbrechen, Hermann, denn jetzt muss ich mich einmal ganz aussprechen um deinet- und auch um meinetwillen.

Wir haben über vieles gesprochen, aber jedes von uns hat im Grunde das Seine gedacht.

Willst du wissen, was ich heute gedacht habe?«

Judith erhob sich und ging mit ausgebreiteten Armen in dem dunklen Zimmer auf und nieder.

»Ich habe gedacht, dies sei eine trauliche Station auf dem Wege. Ich atmete frei in einer reineren Luft, als ich gewöhnt gewesen bin. Hier sind keine Proben, kein falscher Luxus, kein Reiseleben, kein Publikum. Hier ist Friede und Ruhe, hier sind gute Erinnerungen.«

»Nun ja, Judith, da siehst du doch –« Hermann machte einen Schritt auf sie zu. Sie standen jetzt ganz nahe nebeneinander.

Judith rief aus:

»Aber hierbleiben – niemals. Hierbleiben, so wie du es haben willst – niemals. Was willst du von mir! Weshalb hast du mich hierher gebracht?«

»Weil ich dich liebe!«

»Tust du das wirklich?«

»Zweifelst du daran?«

»Ja und nein.«

»Was für eine Liebe ist das, die du mir bietest? Eine Ritterwache vor meiner Tür? Genügt dir das?«

Sie standen einen Augenblick schweigend da, aber sie konnten es an ihrem Atem hören, wie erregt sie waren.

»Dann lass uns nur Licht anzünden«, sagte Judith heftig, »damit wir uns sehen können.«

»Wir wollen in die Bibliothek hinübergehen, dort ist angezündet.«

Auf dem Tisch in der Bibliothek brannte eine Lampe. Judith setzte sich auf den Schreibtischstuhl, Hermann ging vor den Regalen auf und nieder.

»Judith, du hast gewiss vollkommen recht, so zu sprechen, wie du es tust. Du fragst, ob ich dich liebe; ich hätte dir diese Frage schon längst unmöglich machen müssen. Ich habe dir kein Wort von alledem sagen können, was ich dir sagen wollte, und meine Liebkosungen haben's dir auch nicht sagen können. Aber das, was in mir vorgeht, das verstehst du nicht, und ich kann es wohl auch nicht erklären, denn wie soll man ein Leben in wenigen Worten ausdrücken können?

Könnte ich von den Regalen all die Stimmungen herunternehmen, die mich hier erfüllt haben, so leicht, wie ich das Buch nehme, so könnte ich es erklären.«

Hermann stand da, ein Buch in der Hand und öffnete und schloss es mechanisch.

»Begreifst du nicht, dass man entsetzt vor der Wirklichkeit zurückweichen kann?

Als ich gestern Abend mit dir hier stand, und heute, wo ich mit dir in diesen Stuben gelebt habe, da hätten wir das schönste Fest unseres Lebens feiern müssen.

Aber es trat etwas zwischen uns, etwas, durch das ich erst hindurch musste. Das waren alle die Stunden, das ganze Leben, das ich mit dir in meinen Gedanken gelebt habe.«

»Alle die Verse?«, sagte Judith spöttisch.

»Ja, alle die Verse.« Hermann wiederholte es schmerzlich.

»Die goldene Nacht, die du nie gelebt hast.«

Judith lachte hart.

Hermann trat an sie heran und sagte schwerfällig und mühselig:

»Warum verspottest du mich? Es ist so leicht, sich hierüber lustig zu machen. Warum willst du schlecht gegen mich sein? Meinst du etwa, dass ich nicht auch Sinne habe wie andere Männer? Glaubst du nicht, dass es in dieser Nacht Augenblicke gegeben hat, wo ich vor deiner Tür stand und meine Hand ausstreckte, um zu dir hineinzugehen?

Meine Hand ward gelähmt. Ich blieb auf der Schwelle stehen und vermochte keinen Schritt aus dem Traum in die Wirklichkeit zu tun. Ich konnte den Traum nicht wieder erkennen. Jetzt solltest du für mich das Weib sein und nichts weiter. Jetzt sollte der Tag kommen nach der langen Nacht. Aber die Nacht wollte nicht weichen, es war unmöglich, mich von der Erinnerung an dich loszureißen, von der Erinnerung, die wohl aus deiner Gestalt, deinen Worten, deinem ganzen Wesen herausgewachsen war, die aber doch nicht du warst, nicht das Weib, dessen Atemzug ich hinter meiner Tür hörte.

Und ich fühlte, wie du mir entschwandest, in immer weitere Ferne, um dich hinter der Erinnerung zu verbergen.«

»Dann liebst du mich also doch nicht?«

Judith sagte das leise und gleichsam, um sich selbst zu beruhigen.

»Ich liebe die Erinnerung an dich«, sagte Hermann und presste die Hände gegen seine Augen.

»Und auch die nicht, jetzt nicht mehr, jetzt nicht, wo ich dich wiedergesehen habe, ohne dich zu gewinnen. Jetzt ist das Bild zerschlagen.«

»Ich hätte dir nicht folgen sollen«, sagte Judith. »Es wäre besser für dich gewesen, wenn du mich nie wiedergesehen hättest. Und hätte ich das geahnt, so wäre ich auch gereist. Aber du warst ein anderer, als du mich gestern Abend einen Augenblick erobertest. Es war ja ein Märchen, flüchtig und lächelnd, und ein Märchen an dem Ort, der mir der liebste auf der Welt ist. Das alles fuhr mir durch den Kopf – ich dachte nicht und überlegte nicht. Ich habe mich daran gewöhnt, das Leben nicht zu ernsthaft zu nehmen, Hermann, man lernt das so leicht, wenn man dahingewirbelt wird. Aber du musst mir glauben, wenn ich sage, dass ich oft an dich dachte, als an etwas von dem, was mir bliebe, wenn alles andere vorbei ist, auch ich habe eine schmerzliche Erfahrung in diesen Stunden gemacht. Es hätte ganz anders sein können. Und ich kann nicht sagen, ob du oder ich die größte Schuld haben, ich, die ich dir folgte, oder du, der du riefst.«

»Ach, niemand hat wohl die Schuld«, sagte Hermann. »Das Leben ist so, es fordert, dass man handelt, dass man sofort und wild handelt. Es forderte von dir, dass du reisen solltest, und ich konnte die Forderung nicht erfüllen, die es an mich stellte: mein ganzes Wesen darauf einzusetzen, dich zurückzuhalten. So war der wichtige Moment für mein Glück verpasst, vielleicht auch für das deine; ich liebte dich so innig, und dein Herz ist ja doch auch bei mir. Aber wenn der Augenblick vorübergesaust ist, so stehen wir mit leeren Händen da. Denn die Liebe, die man einmal empfunden hat, die kann man nicht wieder empfinden, das weiß ich jetzt. Die Liebe erträgt das nicht. Es ist, als wolle man ihr siegreiches Wesen kränken, und da wendet sie sich verhüllten Hauptes von uns. Eine Wiederholung ist unmöglich. Ich fühle es in diesem Augenblick, wenn man eine Frau so glühend liebt, dass man seine ganze Existenz auf das eine setzen muss, sie zu besitzen, so muss man siegen oder, fallen, und nach dem Fall gibt es keinen Sieg, denn man kann nur einmal lieben.«

Er stand vor Judith. Seine Augen ruhten in den ihren. Müde stützte sie ihren Kopf auf ihre Hand.

»Lass mich reisen, Hermann, und sieh dich nicht nach mir um. Vergiss mich, wenn du kannst. Sieh aber auch zu, ob du dich nicht von all diesem hier losreißen kannst. Ich glaube, hier liegt dein Unglück. Diese Bibliothek, diese Bücher, das ganze Haus – das ist dein Unglück. Sie haben dir deine Männlichkeit gestohlen, dich zu Tode geklemmt. Verse hast du geschrieben, Bücher hast du gelesen – wozu? Zu wessen Freude? Du saßest im Bücherstaub bis über die Ohren und grübelst über das nach, was du Erinnerungen nanntest. Warum suchtest du mich nicht auf, mich, die dich hätte erlösen können? Warum wurde ich nicht ein Mensch für dich, statt eines törichten Traumes? Ich mache mir nichts aus all deinen Versen und Erinnerungen, ich will geliebt werden als die, die ich bin. Noch gestern Abend war es Zeit – da war der große Liebesaugenblick, von dem du sprachst, für mich gekommen. Gestern Abend wäre ich die Deine gewesen, alle meine Gedanken und Wünsche verlangten nach dir. Der Augenblick hätte Glanz über mein ganzes Leben geworfen.

So aber hieltest du Ritterwacht über meiner Ehre.«

Es war ganz still im Zimmer. Hermann ergriff Judiths Hand und küsste sie langsam und schmerzlich.

Sie fühlten beide, dass nicht mehr Worte zu sagen waren, und aß sie nun den großen Abschied voneinander nahmen.

Um sie her lag die alle Bibliothek, Hermanns tote Stadt. Finsternis herrschte in ihren Straßen, Schweigen brütete über ihr.

Plötzlich ward die Stille unterbrochen. Die Haustürglocke ertönte mit schnellen, gellenden Schlägen. Eine Tür wurde geöffnet, Fußtritte erschallten auf der Diele.

Hermann und Judith stoben auseinander, Judith mit einem Schrei. Es klopfte an der Tür.

Und ehe Hermann noch »herein« gesagt halte, stand Finsen in der Bibliothek.

V.

Der kleine, graue Herr trat mit seinem grauen Hut ruhig in das Zimmer und begrüßte Judith und Hermann höflich.

Dann wandte er sich an Judith und sagte ganz natürlich:

»Unserer Verabredung gemäß sollte ich Sie ja hier abholen, nicht wahr?«

Hermann wollte aufbrausen, Judith aber kam ihm zuvor und antwortete:

»Ja, so stand es ja im Telegramm.'

»Ganz recht, es stand im Telegramm. Wir kommen einen Tag später zum Konzert, das ist bekannt gemacht. Ich habe alles drahtlich geordnet. Wir fahren mit dem Abendzug nach Helsingör, nicht wahr, gnädiges Fräulein? Er geht in einer halben Stunde. Ich habe einen Wagen hier. Der Zug hält ja an dieser Station. Wir haben gestern Abend hier gehalten.«

»Wie konnten Sie es nur wagen, hierher zu kommen?«, rief Hermann aus.

»Verzeihen Sie meine Kühnheit», sagte Finsen. »Ich glaubte, Sie würden es nicht übel nehmen. Was sollte ich so lange in Helsingborg anfangen? Es ist eine langweilige Stadt mit modernen, hässlichen Häusern, keine Spur von der alten Romantik Helsingörs. Ich fuhr mit dem Nachmittagszuge hierher, um das gnädige Fräulein zu begleiten, falls sie es wünschen sollte.«

Hermann wandte ihm den Rücken.

Judith erhob sich und sagte: »Jetzt komme ich, Finsen.«

Dann ging sie zum Zimmer hinaus, ohne Hermann anzusehen. Finsen stand einen Augenblick da und sah ihr verwundert nach.

Er war gekommen, nachdem er wie ein Rasender mit dem Telegramm in der Hand im Hotelzimmer auf und nieder gestürzt war. Er hatte den Versuch machen wollen, sie mitzubekommen, aber er Halle kein richtiges Zutrauen zu dem Gelingen seines Planes gehabt. Er kam, um einen Versuch zu machen und weil er nicht anders konnte, und nun sah er, dass er im Grunde erwartet war. Der Sieg war ohne Schwertschlag gewonnen, wie das zugegangen war, begriff er nur halb. Aber als er Hermann ansah, der ganz in sich versunken dasaß, begriff er, dass Hermann der Gefallene war.

Aber er konnte hier ja nicht stehen, ohne ein Wort zu sagen.

Finsen sah sich mit einem Lächeln um, das er nur schlecht verbarg.

»Außerordentlich hübsch, Herr Doktor Falk. Sehr stilvolles Gebäude mit entzückender Lage an Sund und Wald. Alte Bibliothek, sehe ich, mit außerordentlich interessanter Rokokodecke.«

Finsen musterte die Decke mit anscheinend großem Interesse und sagte:

»Ich sehe, der Kalk ist an einigen Stellen abgefallen. Ja, alte Decken sind schwer zu erhalten. Vielleicht stehen die Regale ein wenig unsicher und reißen dadurch den Putz los?«

Er trat an eines der Regale heran und untersuchte es. »Ja, ein klein wenig unsicher steht es, und dann fällt ein wenig Kalk herunter. Natürlich.«

Er blies einige Körnchen Kalk von seinem Ärmel.

Hermann stand noch immer unbeweglich. Finsen ging lächelnd auf und nieder. Seine Laune wurde immer besser. Es war fast zu komisch, dass der Sieg so leicht errungen war.

Er konversierte unverdrossen weiter:

»Es muss hier herrlich zu wohnen sein. Ich begreife es nur zu gut, dass das gnädige Fräulein dem Verlangen nicht zu widerstehen vermochte, das herrliche Wetter in dieser Umgebung zu genießen. Sie reisen nicht mit? Ach nein, wenn man es so gut hat wie Sie! Frieden und Ruhe und alte Eleganz. Man reißt sich ungern los. Das Leben ist so kurz, und man tut recht, sich so eng wie möglich mit dem zu verknüpfen, was man lieb hat. Man kann sich beinahe nicht entschließen, es zu verlassen, wagt nicht, ihm den Rücken zu wenden. Man ist bange, dass es weg sein könnte, ehe man sich noch umgewendet hat. Weg wie ein Traum. Ja, so ist es. Das Leben ist so hässlich.«

Hermann sprang auf. Plötzlich sah er Finsen dort vor den Büchern hin und her hüpfen wie ein graues, schädliches Tier. Und er sprang auf ihn zu, schlug nach ihm, sodass der graue Hut durch das Zimmer rollte, und schrie:

»Raus mit Ihnen – raus mit Ihnen, auf den Bock hinauf, Lakai; der Sie sind! Sorgen Sie für Ihre Herrschaft und wagen Sie es nicht, sie anzurühren, solange ich es sehe.«

Hermann war leichenblass, und an seiner Wut erkannte Finsen, wie groß die Niederlage war.

Darum nahm er ruhig seinen Hut, schüttelte lächelnd seinen großen Kopf, drehte den Schnurrbart und sagte nur:

»Das junge Blut! Ja, ja, das junge Blut!«

Dann trat Judith ein. Sie war reisefertig und trug ihre Reisetasche in der Hand. Finsen nahm sie und ging damit an den Wagen.

Hermann trat an Judith heran. Sie waren beide tieftraurig. Hermann suchte nach Worten, fand nichts zu sagen, nahm dann ihre Hand und küsste sie lange.

»So leb denn wohl, Judith. Ich kann nicht wiederholen, was ich gestern Abend sagte. Ich kann nicht zu dir sagen: Bleibe bei mir. Ich wünsche dir stets das Beste.«

Judith erwiderte nichts. Sie nahm seinen Kopf zwischen die Hände, sah ihn lange an und küsste ihn zärtlich wie eine Schwester auf Augen und Mund.

Dann ging sie schnell zur Tür hinaus.

Hermann stand wie festgenagelt da. Er sank in die Knie. Sein ganzer Körper bebte. Mit einer Kraftanstrengung bezwang er sich. Er lief hinaus, wollte rufen, brachte aber kein Wort heraus; endlich stand er vor dem Hause. Der Wagen war gefahren. Judith war fort.

Hermann hob unwillkürlich die Arme in die Höhe und ließ sie wieder sinken. Es war ja aus. Er ging langsam in den Garten. Er fühlte sich wie betäubt. Und nach und nach konzentrierten sich seine Gedanken auf das, was geschehen war. Sein ganzes Leben war in einer so wirbelnden Hast an ihm vorbeigesaust, dass ihm davor schwindelte. Er sah sich nach allen Seiten um. Es war dunkel im Garten, dunkel und einsam. Judith war fort.

Die Schuld lag an ihm, an ihm allein. Aber er begriff jetzt, dass der Grund weit zurück in der Zeit lag. Sein ganzes Leben hatte zu dieser Niederlage beigetragen. Und plötzlich wie bei dem Schein eines aufflammenden Blitzes sah er den tiefen Zusammenhang in allem, was er vorgenommen hatte. Warum hing er in seinem Herzen an all dem alten, warum stand er außerhalb des Kampfes, der rings um ihn her gekämpft wurde, warum war da kein Platz, der seiner harrte? Weil er das Leben nicht kannte, es nie auf die rechte Weise gelebt hatte, weil er Judith nicht gefolgt war, als sie reiste.

»Judith – Judith –«, er sagte ihren Namen ganz leise und fühlte die Einsamkeit rings um sich her. Judith war weg.

Und warum schrieb er niemals die Bücher, von denen er träumte, dass er sie schreiben wollte, warum fing er das Leben, das er hinter den Werken der Dichter ahnte, nicht mit seiner Feder ein? Gerade weil er das Leben nur ahnte, es nie mit fester und gewaltsamer Hand ergriff, weil er Judith gerade in der kurzen Sekunde losgelassen hatte, wo er sie hätte festhalten sollen – ja, es war wahr, wir leben nicht in Tagen, Wochen, Monaten und Jahren, sondern in kurzen, sekundenlangen Augenblicken, die nie wiederkehren, wie flehentlich wir auch die Arme nach ihnen ausstrecken. Nein, nein, sie kehren nicht wieder. Wir bleiben allein, allein, allein. Judith war weg.

Hermann lief durch den dunklen Garten. Er wollte fort, wusste nicht, wohin, nur fort von allen Gedanken, die sein Gehirn zu zersprengen drohten. Er murmelte etwas vor sich hin und wusste nicht, was es war. Es war Judiths Name und der der Mutter und alte Versbrocken. Verse, die er an Judith geschrieben hatte, tauchten plötzlich in seinem Gehirn auf, schlichen sich über seine Lippen.

»Ein Blütenstaub fing sich in deinem Gewand,
Und ein Blumenduft weht mir entgegen;

> Der Tau liegt dir schimmernd auf Fuß und auf Hand,
> Und ein Rosenblatt küsst dich verwegen – –«

Verse, Verse, was wollte er jetzt damit, sie sollten verbrannt werden, verbrannt und vergessen werden, alle miteinander.

> »Ich ging dich zu suchen, und Veilchen ich fand,
> Ich hab' sie dir aufgehoben,
> Ein Lenzgruß sie sind aus der Heimat Land,
> Mit Duft und Klängen verwoben – – –«

Hermann hielt plötzlich inne. Steckte er denn so tief in lügenhaften Versen, dass sie ihm die Aussicht auf das Leben verwehrten. Schöne Poesie, nette Verse – warum gab er sie denn nicht in einem Bande mit Goldschnitt heraus wie die anderen Poeten, warum sollten die Leute nicht sein Herzweh kennen und warum sollten nicht die bleichen Ästhetiker in ein paar Jahren in seinen Erlebnissen herumwühlen können? Aber es waren ja keine Erlebnisse, es war ja alles nur erdichtet, Poesien über Träume.

Ach, das ganze war ja Lüge und Betrug. Hermann blieb abermals stehen. Was ging ihn das alles an. Er hatte ja nur eins, woran er denken musste. Judith war weg.

Langsam schritt er dem Hause zu. Die heftige Erregung seiner Seele verebbte, die Kühle des Abends legte sich auf sein Blut.

Wie, wenn nun Judith bei ihm geblieben wäre? Er hatte ja nie so daran gedacht, wie es das Leben und die Alltäglichkeit fordern. Hätte er ihr ein Glück bereiten können, wäre sie so die Seine geworden, dass all ihr Sehnen und Denken in dem seinen aufgegangen wäre?

Jetzt, wo er ruhig war, jetzt in tiefer Nacht, wo er zum ersten Mal ganz ehrlich gegen sich selbst war, musste er bekennen, dass er nicht imstande gewesen wäre, die Verantwortung zu tragen.

Er kam in die Bibliothek. Die Lampe brannte still und klar. Hermann ließ sich schwerfällig in den Stuhl sinken, den Judith verlassen hatte. Und zum zweiten Mal in seinem Leben barg er den Kopf in den Händen und wünschte, dass die Bücher über ihn zusammenstürzen möchten.

Sie drohten ihm ja von allen Seiten. Der Staub fiel bereits herab. Ein wie Leichtes würde es nicht sein, die wurmstichigen Regale umzureißen oder sich von einer der Leitern herabzustürzen und zerquetscht dazuliegen. Dann lag er in seinem Pompeji begraben – vergessen und von niemand vermisst.

Der Gedanke überwältigte Hermann, er konnte nicht ruhig sitzen, musste zwischen den Büchern auf und nieder wandern.

Ach – es war ja Wahnsinn. Sollte nicht der Schmerz um Judith die Fantasterei aus seiner Seele treiben, jetzt hatte er die harte Wirklichkeit des Lebens, gegen die er ankämpfen konnte.

Er wusste, dass er es nicht konnte. Er wusste, dass ein jedes dieser Bücher eine Menschenseele war, deren gebundene Rede geweckt werden konnte. Er wusste, dass sein Leben reicher werden konnte als das der anderen, weil er diese Bücher mit der angestammten Liebe seiner Väter liebte. Er wollte hier bleiben, unter ihnen, er wollte sie zum Reden bringen, er wollte von Zeit zu Zeit, von Land zu Land ziehen, alles sollte sein eigen sein, er würde der König der Welt sein.

Er sah sich zwischen den Büchern um. Diese Bücher seien sein Unglück, hatte Judith gesagt. Sollte er seine Stadt verbrennen, konnte er das?

Bücher – Bücher – die Leute wussten nicht, was das war. Nur wer wie er ganz und ungeteilt mit ihnen gelebt hatte, konnte es verstehen. Die Natur war ihm nie viel gewesen, er konnte sich über sie freuen, aber sie verlieh ihm keine Gedanken. Aber wie es Menschen gibt, die sich in Wälder vertiefen, weit und am liebsten allein darin wandern, so konnte er sich in die Bücher vertiefen.

Die Bücher sind ja wie ein unendlicher Wald, das eine Buch lockt das nächste hervor, man wird niemals fertig, es ist zuweilen, als habe man sich verirrt und könne nie wieder herausfinden. Denn das eine Buch erzeugt das nächste, wie ein Baum den anderen erzeugt, man gewahrt hinter allem einen unendlichen Zusammenhang, den man verstehen zu müssen meint. Deshalb ist nichts groß und nichts klein, es sind große und kleine Glieder im Zusammenhang, aber alles füllt einen Platz aus.

Er hielt inne und hörte plötzlich seine eigene Stimme. Er sah sich um, strich sich über die Stirn und erinnerte sich an alles. Da hatte sie gesessen, das hatte sie gesagt. Nein, er konnte nicht hier bleiben. Er musste hinaus, wenn es auch nur war, um wieder nach Hause zu kommen.

Eine unerklärliche Unruhe befiel ihn. Er begann seine Sachen zu ordnen, er verwahrte seine Papiere, stellte seine Bücher zurecht.

Judith war weg, er musste auch weg.

Er wusste, dass sie recht hatte, und dass diese Begegnung nicht vergebens gewesen war. Er wollte der toten Stadt, die er so von Herzen liebte, Leben bringen, vorerst aber musste er selber das Leben kennenlernen.

Er kühlte seine brennende Stirn an den Fensterscheiben. Die Lampe, die so lange matt geleuchtet hatte, erlosch plötzlich. Hermann sah, dass der Morgen zu dämmern begann.

Und schweren Herzens wandte er sich um und ging hinaus aus der toten Stadt.

Lightning Source UK Ltd.
Milton Keynes UK
UKHW011307081221
395308UK00003B/484